## ~ Los cuentos de mi Abuela Monse ~

# MI FIEL JUAN

**Un cuento de fantasía para adolescentes**

Nuria M. Alvarez Pagán

**Ilustraciones por Jared Castro Chew**

Publicaciones
Puertorriqueñas
EDITORES

Producido en Puerto Rico
Impreso en Colombia • Printed in Colombia
Panamericana Formas e Impresos S.A.

Editor: pubpr.coqui.net
Andrés Palomares

Directora de Arte y Diseño: evagotay@publicacionespr.com
Eva Gotay Pastrana

Diseño de portada:
Jared Castro Chew

Ilustraciones:
Jared Castro Chew

Bordes de página y letra inicial:
Lyvia A. Martínez

Publicaciones Puertorriqueñas, Inc.
Calle Mayagüez 44
Hato Rey, Puerto Rico 00919
Tel. (787) 759-9673
Fax (787) 250-6498
e-mail: pubpr@coqui.net
www.publicacionespr.com

# DEDICATORIA

Este primer libro publicado se lo dedico a mi abuela, María Monserrate Rodríguez Vda. de Pagán. Abuela Monse, con sus narraciones, logró entretener las mentes activas y cuerpos inquietos de hijos y nietos; más aun, logró tener una descendencia mejor educada e instruida.

staba Juan dormitando con la cabeza junto al palo mayor; sus largas piernas estiradas, su tronco relajado, su faz resguardada del sol por su musculoso brazo apoyado sobre su frente. Dormitaba… Entre velos de somnolencia, repasaba los sucesos de días anteriores. Don Damián, aquel noble anciano que lo había recogido al quedar huérfano y despojado de sus propiedades; aquél que lo había criado junto a su hijo unigénito, había fallecido. Pero antes de que la palidez de la muerte permeara su rostro, había extraído dos promesas de Juan. La primera: que velara a Darío, su hijo, como si fuera carne de su carne, y la segunda, que bajo ninguna circunstancia le permitiera la entrada a la alcoba de la torre. Esta segunda promesa no pudo cumplir pues, pasados los nueve días del velorio, Darío empuñó las llaves del castillo y abrió una por una todas las habitaciones haciendo inventario de su contenido. Juan, intentando desviarlo de la torre, le hizo abrir hasta las alacenas de los sótanos y contar cada saco de alimento. Pero, al fin, llegaron a la torre. Desusada y mal cuidada, la torre parecía invitarlos a dejar el lugar.

- Vamos, Don Darío, que ya debe estar cansado. Dejemos la torre para otra ocasión.
- No, Juan. Mi padre me ha legado estos predios y su contenido. Quiero saber qué hay en cada esquina, quiero contar cada alfiler. Así, después de unos años, podré distinguir entre lo que heredé y lo que gané con mis esfuerzos.
- Muy bien, mi señor, pero la torre puede esperar. Va a oscurecer muy pronto y no traemos velas.
- Hay luna llena esta noche, Juan. Además, tú conoces este terreno tanto o más que yo. Vemos que hay en la torre y volvemos al castillo.
- Puede ser que sólo haya un par de viejas armas carcomidas por el tiempo. No vale la pena.
- Está decidido. Entremos

Con esto, Darío dio medio vuelta y en dos zancadas llegó al portalón de madera y hierro. Con un breve movimiento de muñeca cedió el cerrojo y abrió quejumbroso hacia una estancia vacía. Tan vacía que Juan, que seguía muy de cerca a Darío, notó que no había telarañas ni polvo. Al fondo, por una pequeña rendija entre las piedras penetraba un haz de luz que se perdía en las sombras. "Vacía", pensó Juan, "está vacía la torre". Dio un inaudible suspiro de alivio y dijo:

- Ve, Don Darío, no hay nada de interés aquí, vamos de vuelta ya, que mi estómago cruje.
- Si…-comenzó a decir Darío pero en ese momento entrecruzó las cejas en expresión perpleja, mirando hacia donde se perdían los intrusos rayos de luna.

Juan siguió su mirada y percibió un leve resplandor parecido a un reflejo de metal. Darío había penetrado hasta la mitad de la alcoba cuando Juan intentó detenerlo. Ya había descubierto el lienzo enmarcado en oro, cuando Juan se dio cuenta de su enorme falta. Ya estaba Darío perdido, cuando Juan comenzó a pedirle perdón al fallecido Don Damián. Ante los admirados ojos de Darío estaba la imagen de una doncella de delicadas facciones, pelo negro como azabache y ojos brujos, como con destellos, que al ser bañados de luz parecían sonreir. Darío permanecía inmóvil ante las súplicas de Juan.

- Vamos, mi Señor, que ya oscureció. Vámonos, para que descanse, ha trabajado mucho hoy. Mañana hay mucho más que hacer y…

Juan no terminó la frase. Darío se viró hacia él y tomándolo por los hombros le dijo:

- Sí, vámonos, mi fiel Juan, pues hay mucho, mucho que hacer.

Juan comenzó a sentirse aliviado; pero sintió un apretón en el pecho con lo próximo que oyó.

- Saldremos tú y yo en busca de mi futura esposa: La dama del retrato.

El dejar los asuntos del castillo en manos del primer mayordomo, el escribir las cartas de rigor que antecederían su visita a condados y reinos contiguos, el dejar almacenado el sobrante de las abundantes cosechas luego de abastecer las bodegas de sus allegados, el preparar la flotilla de navíos que le llevarían en su cruzada personal; todo se hizo con una cierta desesperación. Era como si el hechizo le dejara saber a Darío que la joven del retrato, quienquiera que fuera y dondequiera que estuviera, también le esperaba con ansiedad.

Así fue que llegó Juan a dormitar con la cabeza junto al palo mayor. Ya no se oía el clamor de las gaviotas pues se habían alejado del puerto. El vaivén del barco mecía su cansancio y estaba casi en los brazos de Morfeo, cuando un aleteo y unos chasquidos lo trajeron a la realidad. No se atrevió a moverse aunque la curiosidad por ver un ave que se alejara tanto de la tierra lo desveló. Su asombro fue aún mayor cuando los chasquidos se convirtieron en palabras rodeadas de chirridos.

- Hola, Petrona.
- ¿Qué tal, Dromilda?

- ¿Sabes que encontraron el retrato de Azalea?
- No me digas. Pobre tonto. No sabe lo que le espera. Supongo que luego de echarle una mirada, se prendó de los ojos destelleantes que parece que sonríen y salió desesperado a buscarla…je je
- Exactamente. En este mismo barco va. El viento los llevará a Manreco. Allá le dirán que pregunte en Isrem; pero antes de partir le ofrecerán a la venta una espada y una vaina.
- Sí; pero si compra la espada, que no compre la vaina. Y si compra la vaina que no compre la espada. Porque si las compra las dos, al momento de entrar la espada a la vaina, se enterrará la espada y morirá.
- Si de esa se salva, le espera otra. En Isrem le dirán que la busque en Nubaira, pero antes de partir le ofrecerán a la venta un caballo y una silla. Jeje… y si compra el caballo que no compre la silla; si compra la silla que no compre el caballo, porque al momento de ponerle la silla al caballo y montarlo…
- El caballo lo tirará al suelo y morirá.
- Si de esa se salva, todavía la muerte le ronda. En Nubaira le darán direcciones al castillo de la Dama Azalea, pero antes de partir le ofrecerán un traje y unas zapatillas.
- Ya sé, ya sé. Si compra el traje que no compre las zapatillas y si compra las zapatillas que no compre el traje.
- Porque cuando la Dama Azalea se ponga el vestido y las zapatillas y luego comience a bailar, ella y su pareja, el joven Darío, bailarán y bailarán hasta que caigan muertos.
- Y la única manera que pueden parar es si le sacan sangre a ella con un filo. El que se atreva seguro morirá…jajajaja

Juan, espantado, escuchó toda la conversación de las brujas, porque aves no eran. Su terror era absoluto y su cuerpo se llenó de tensión. Trató de mantenerse inmóvil…

- ¿Dromi, no te huele a miedo?
- Dirás que hiede, Petronita. Parece que alguien nos espía.
- No importa, este hechizo es garantizado.
- Nadie se atreverá a descubrirlo por miedo a que lo acusen de brujo y lo maten y si se atreve a decirlo tampoco importa.
- No, no importa, porque se convertirá en piedra de pies a cabeza…jajaja

Las carcajadas y chirridos le llenaron los oídos y la cabeza a Juan. El dolor era insoportable. No pudo aguantar más y se llevó las manos a las orejas con tanta violencia

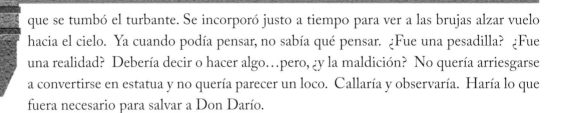

que se tumbó el turbante. Se incorporó justo a tiempo para ver a las brujas alzar vuelo hacia el cielo. Ya cuando podía pensar, no sabía qué pensar. ¿Fue una pesadilla? ¿Fue una realidad? Debería decir o hacer algo…pero, ¿y la maldición? No quería arriesgarse a convertirse en estatua y no quería parecer un loco. Callaría y observaría. Haría lo que fuera necesario para salvar a Don Darío.

**** *****

Llegaron a Manreco. Al desembarcar se dirigieron Don Darío y su fiel sirviente al asiento de gobierno a preguntar si alguna información había sobre la joven de los ojos sonrientes. Nada le pudieron ofrecer pero le recomendaron que hablara con el Viejo Gurico, un mercader de muchos años que navegaba a puertos vecinos y recogía toda clase de historias y cuentos locales.

La tienda del Viejo Gurico, ubicada cerca del muelle casi a la orilla del mar, parecía una cueva de tesoros. Estaba abarrotada de toda clase de artefactos, algunos de mucho valor, la mayoría de ellos de aspecto común y corriente. Lo que impresionaba era la cantidad de objetos apilados en el piso, en estantes, colgando del techo. Juan se sintió oprimido al entrar. Sus sentidos eran bombardeados con constantes estímulos: la hemorragia de cachivaches ante sus ojos, el olor punzante del incienso y el constante alboroto de los vendedores y compradores. Darío encontró al Viejo Gurico al fondo y sin perder tiempo lo interrogó sobre la joven cuya imagen lo había trastornado. El anciano mercader no contestó de inmediato, se tomo unos segundos para mirar con detenimiento a su interrogador, luego de lo cual, suspiró y dijo:

- Ha preguntado usted por la Dama Azalea, de quien se dice que está bajo un encantamiento muy difícil de romper. La última vez que escuché sobre ella estaba yo en Isrem.
- Azalea… dijo Don Darío inhalando el nombre como si fuera aceite perfumado. A continuación preguntó con urgencia,
- ¿Cómo la puedo encontrar? Me urge llegar a donde ella está.
- No le puedo decir dónde está. Sí le puedo decir que está bajo un encantamiento que solamente se podrá romper derramando sangre.

Esas palabras sacudieron a Juan desde la cabeza hasta los pies. No llegó a escuchar nada más en lo que repasaba mentalmente lo que había escuchado de las brujas… No recordaba que hubieran mencionado sangre. Volvió a estremecerse cuando, concentrando su atención en la conversación nuevamente, escuchó a Don Darío decir:

- Tiene usted razón, para qué romper un conjunto. Déjeme ver la espada y la vaina.
- Con gusto, - dijo el Viejo Gurico, haciendo señales a un sirviente para que trajera la mercadería que le había ofrecido a su señor.

¡La espada! ¡La vaina! "Si compra una no puede comprar la otra", pensó Juan, "quizá pudiera convencerle que no compre ninguna de las dos".

- ¿Otra espada, Don Darío? Fíjese que tiene usted 350 de ellas en su castillo. Las acabamos de contar hace apenas unos días.
- Nada que ver, Juan. No hay espada igual a esta en todo mi reino.
- ¡Ni en toda la tierra! – interpuso el mercader, levantando la voz para ahogar las protestas de Juan - Fue hecha por orden especial de su primer dueño, quien

curiosamente murió atravesado por esta misma espada. Por ser a usted le incluyo un cincho bordado en oro y seda que le hace buen juego.

- ¿No le parece demasiado cargado, Don Darío? Espada, vaina y cincho con los mismos diseños…

- Calla, Juan. El conjunto es perfecto. Es muestra de lo que le puedo ofrecer a mi futura prometida. Es más, serán el regalo que le presentaré a su padre, quien seguramente es un gran señor. Me lo llevo todo.

Con esas palabras tomó Don Darío la espada en una mano y la vaina en la otra con la intención de casar la una con la otra. Con un súbito movimiento, Juan arrebató la vaina de la mano de su amo y salió corriendo raudo por la puerta de salida y veloz hacia el muelle. Sus largas piernas lo llevaban contra el viento, huyendo de los que intentaban detenerlo, entre ellos, Don Darío. No terminó de llegar al final del malecón cuando levantó su fornido brazo con la vaina en mano, a modo de jabalina, impulsándola a través del aire de modo que la elevó y la hizo recorrer varios metros sobre el agua antes de que hendiera la superficie y se sumergiera, luego enterrándose en las arenas del fondo de la profunda bahía.

- ¡Juan! ¡No! – gritó su protegido, deteniendo su carrera al ver desaparecer su adquisición dentro del mar. Miró al hombre que había sido su compañero de juegos y, hasta ahora, su mejor amigo y pensó que no le conocía.

- ¿Por qué arrojaste la vaina al mar? Dime. Contéstame.

Juan, con el pecho agitado y la mente en confusión, se quedó mudo.

- Juan, te lo pido como amigo. Dime que razón tuviste para perder la vaina en el mar.

- Don Darío, con todo respeto, me abstengo. – dijo Juan, para sorpresa de Don Darío.

Don Darío quedo estupefacto. Comenzaba a interpelar a Juan una vez más cuando fue interrumpido por el capitán de su barco, Emérito, quien le indicó que tenían a penas una ventana de 30 minutos para salir de la bahía con la marea alta lo que iniciaría su viaje a Isrem. Esto logró sustituir su incredulidad ante los actos de Juan con la sobrepujante obsesión de encontrar a la Dama Azalea y partieron en la siguiente porción del viaje.

Juan se mantuvo ocupado y distante para evitar interrogatorios de parte de Don Darío. No le duró mucho pues en poco tiempo ya el vigía había visto tierra y seguido atracaron en Isrem. Juan fue el primero en saltar del barco, buscando quién le podría ofrecer a su amo un caballo y una silla para tratar de suprimir la oferta de venta y obviar eventos parecidos a los anteriores. Para su sorpresa ni siquiera había señas de que hubiera mercaderes cerca del muelle. Disimulando su asombro y para congraciarse con su amo, encontró un oficial en el puerto casi desierto y preguntó por la misteriosa dama llamada Azalea.

- Buenos días, caballero. Busco información del paradero de una dama conocida por el nombre de Azalea. El Viejo Gurico de Manreco dijo que podríamos obtener dicha información en este puerto de Isrem.

- Lo siento mucho, no tenemos nada que ofrecerle. Tal vez en Nubaira puedan ayudarle más.

- Gracias por su tiempo.

No hubo terminado de despedirse cuando vio descender del navío a su amo. Levantó su brazo para llamar su atención en lo que gritaba:

- ¡Saludos! Estaba preguntando por la Dama Azalea pero no saben nada.

El oficial de puerto asintió en acuerdo y acto seguido, se retiró. Juan caminó, casi corrió, hacia Don Diego quien no había avanzado paso desde descender al muelle.

- Buenos días, Don Darío. El oficial sugirió que fuéramos a Nubaira a preguntar. Podemos zarpar de inmediato.

Juan intentó tomar del brazo al joven noble pero éste se alejó evitando ser detenido.

- Juan, no hay tanta prisa. Quiero ver ese hermoso caballo, no tomará sino unos minutos.
- ¿Caballo? ¿Qué caballo?

Giró sobre sus talones y, para su asombro, donde hacía unos minutos no había ni sombras, se encontraban varios puestos de mercadería. Don Darío caminaba hacia el enorme caballo negro que sostenía el mercader por una brida que parecía de oro. El sol se reflejaba en el freno centelleando con cada movimiento del poderoso animal. Don Darío parecía hipnotizado y Juan sentía que se le apretaba el corazón. "¿Qué hacer? … Tal vez no pase nada," pensó de seguido. "Solo lo está mirando, examinándole las patas, abriéndole la boca, haciendo una oferta de compra… ¡NO!" gritó dentro de su cabeza. Recordó las palabras de las brujas:

- Si compra el caballo que no compre la silla; si compra la silla que no compre el caballo, porque al momento de ponerle la silla al caballo y montarlo…
- El caballo lo tirará al suelo y morirá.

Don Darío entregó una bolsa llena de oro en pago por la bestia del color de la obscuridad de la noche y su deslumbrante silla de montar. Acto seguido, se agarró de la silla, puso su pie izquierdo en el estribo dorado, se impulsó y con gracia y donaire quedó sentado como el excelente jinete que era.

No obstante su gracia al subirse al caballo negro, Juan había logrado ponerse a la par de su amo y con agilidad saco la espada con la que había hecho solemne promesa de fidelidad a Don Darío y de un fuerte golpe dio muerte al equino, quedando bañado de sangre.

**** *****

Juan permaneció sin habla ante la mirada interrogante de Don Darío. La tensión entre los dos amigos permeaba la atmósfera de la cubierta. Don Darío se dio por vencido:

- Juan, voy a asumir que la muerte de mi padre te ha trastornado más que a mí. Pensaré que fue para ti como quedar huérfano de nuevo. Aun así, no te permitiré más actos desatinados. Uno más y te prometo una larga estadía en el calabozo, por más que te aprecie. Estas locuras van a acabar con nuestra

amistad. Por última vez, ¿Por qué mataste al caballo? Y de una vez, dime, ¿por qué arrojaste al mar la vaina?

- Mi querido amigo, no puedo decir, no puedo explicar.

Luego de esas palabras, Juan bajó la cabeza y se tragó un sollozo. Lágrimas de frustración llenaron los ojos de Don Darío ante la negativa de hablar de Juan. Su enojo no le permitió permanecer ante su amigo, dio media vuelta y se alejó.

Llegaron a Nubaira luego de navegar varios días. Durante la travesía Juan y Don Darío habían logrado una tenue tregua. Bajaron juntos a puerto y caminaron hasta las oficinas del almirantazgo. Allí les dieron las direcciones hacia el castillo de la Dama Azalea que quedaba a varias leguas de allí. Armados de esta preciada información, salieron a procurar los pertrechos y transportes necesarios para el largo viaje. Ya habiendo montado las valijas y los fardos, habiendo subido todo el séquito sobre los dromedarios y cabalgando estos últimos, Juan respiró con alivio pensando que la amenaza de la ropa y los zapatos no se haría material.

Una vez más, fue prematura su tranquilidad. Saliendo del poblado, en el último edificio, había un mercado. A la entrada se encontraba un vestido del color de la espuma del mar, con volantes y encajes y bordados con pequeños brillantitos que guiñaban cuando los tocaban los rayos del sol. Fueron los guiños los que obligaron a Don Darío a detener el carruaje.

- ¡Alto! ¡Tengo que comprarle el vestido de desposada!

Se detuvo la caravana y saltó Don Darío corriendo hacia la puerta del comercio. Juan se mordió la lengua para suprimir el impulso de decirle que él ni siquiera conocía la chica, no sabía siquiera si se casaría con ella, para qué comprarle ajuar. Sospechaba que no le haría caso alguno. El hechizo estaba afianzado en Don Darío. Juan presumía que, en realidad, solamente el derramamiento de sangre podría liberar a su amigo; ojalá no fuera la suya propia. Salió el joven hechizado con el vestido en su mano, como quien no confía en otros, y caminó precipitadamente de regreso al carruaje. Parecía un niño con un juguete nuevo; un juguete que no quería compartir.

- Juan, compré el vestido de gala más hermoso que haya visto jamás y de paso compré unas zapatillas que le hacen juego. Quisiera mostrarte ambas cosas pero no quiero arriesgarme a que te dé uno de tus ataques. Durante este viaje, cada vez que he comprado algo te has vuelto como loco. Si no te conociera mejor pensaría que estás envidioso y como tú no puedes tener lo que yo tengo, entonces lo arruinas para que yo tampoco lo tenga.

Ante estas palabras, los ojos de Juan se abrieron en asombro. En su mente se formó este pensamiento: "Debe ser el hechizo que lo hace pensar así. Jamás me atribuiría tales sentimientos." Su perplejidad se profundizó con las próximas frases que salieron de la boca de Don Darío.

- Si no tienes nada que decir al respecto asumiré que tengo razón. El que calla otorga. Por si se te había ocurrido hacer cualquier cosa para evitar que este vestido y estos zapatos lleguen a manos de mi amada, pienso tenerlos vigilados todo el trayecto. Te reitero mi advertencia anterior, una más y para el calabozo. Por menores actos han sido condenados otros pero… todavía tengo la esperanza que me digas porque has hecho estas cosas.
- Mi querido amigo, no puedo decir, no puedo explicar.
- Pues, así sea.

Con esas palabras acabó la conversación y dispuso que lo que había comprado estuviera bajo vigilancia continua de parte de sus guardias. Los dromedarios recorrieron con urgencia las varias leguas hasta el reino donde esperaban encontrar a la Dama Azalea. Se detenían con el tiempo justo; apenas paraban para comer un refrigerio y asearse y salían precipitadamente para continuar su viaje. Pernoctaron en una hospedería porque ya las protestas y quejas de los integrantes del séquito ahogaron las órdenes que Don Darío intentaba dar a los exhaustos conductores, quienes bajaron de sus asientos y quedaron dormidos luego de cenar.

Al romper el alba, Don Darío ya estaba en pie y se estaban preparando los dromedarios y sus respectivas cargas. Juan continuaba callado y sumiso; obedecía las órdenes de su amo sin comentario y sin cuestionar. Parecería que se había rendido ante el destino, que ya no iba a tratar de salvar a su amigo. Nada más lejos de la verdad, era que estaba meditando cómo hacerlo sin poner en peligro su libertad o su vida o la de Don Darío. Y no hallaba solución: lo ideal era desaparecer o dañar de alguna manera el vestido o las zapatillas, pero estaban vigiladas por dos de los corpulentos guardias, armados con estiletes y espadas. Si eso no era posible, podría tratar de impedir que usara las dos piezas de vestimenta a la vez… pero tendría que penetrar a los aposentos de la dama a riesgo de ser interceptado y ejecutado incluso antes que la música empezara a sonar en las bodas. La música… ¡eso era! Tenía que impedir que la música empezara… Eran tres cosas que tenían que pasar para condenar a los novios a una muerte bailando: Que él comprara ambas cosas a la vez, que ella se las ponga juntas y que comiencen ambos a bailar uno con el otro. La primera no tenía remedio, la segunda se veía casi imposible de evitar, pero debía haber alguna manera de impedir la tercera, que la música tocara o que los novios bailaran juntos. Y Juan la encontraría.

Hizo bien Juan en estarse tranquilo y dejar que el encantamiento siguiera su curso. Una vez llegaron a tierras del Califa Maimónides, tutor de la Dama Azalea, los eventos ocurrieron en una sucesión vertiginosa. Se conocieron, se enamoraron, el Califa consintió, se comprometieron a casarse, pusieron fecha, hicieron las invitaciones de rigor, prepararon el casamiento y planificaron la fiesta de bodas. Juan fue ignorado durante todos estos sucesos, lo que le dio la oportunidad de concentrar sus esfuerzos en conocer los planes para la música. Estos no eran nada complicados, había una orquesta y la orquesta iba a tocar. Eran todos músicos ya experimentados los cuales llegaron al salón unos treinta minutos antes de la hora designada. Sacaron sus instrumentos y los afinaron. Juan pidió que le sirvieran bebidas a los músicos y que le extendieran una invitación a ellos a pasar a otro salón a tomarlas. Alegremente aceptaron. Juan aprovechó la oportunidad para quitar la boquilla a algunos de los instrumentos de aire, romper cuerdas del laúd y del salterio, disminuir la tensión de los cueros de los tambores, esconder platillos, y de varias otras maneras, tratar de impedir que hubiera música. Regresaron los músicos y se dieron cuenta del sabotaje, sin embargo, por causa de su gran experiencia, estaban preparados para remediar todas las situaciones. En lo que el Califa Maimónides daba el brindis por los recién casados, la orquesta volvió a su estado anterior al refrigerio, quitándole a Juan la única manera de impedir que se diera el baile de la muerte, sólo le quedaba el derramamiento de la sangre de la Dama Azalea, la que ahora era esposa de su amo.

Acabado el brindis, las notas melódicas se dejaron escuchar. Salió a bailar Azalea, en honor a su esposo. Juan se ubicó a la par de Don Darío, quien estaba como hipnotizado, embelesado con las ondulaciones del baile de su cónyuge: el movimiento de sus brazos y sus caderas parecía invitarlo a unirse al baile. Juan, sabía que estaban ambos condenados si Darío bailaba junto a su esposa y puso un poderoso brazo sobre los hombros de su amo para sujetarlo. Pero ya estaba Don Darío en marcha y no lo pudo inmovilizar.

***** *****

Estaban los novios tan compenetrados en su vaivén al compás de la música que parecía que estaban en otro mundo; no paraban de danzar, los músicos de la orquesta se vieron obligados a tocar continuamente, hasta estar exhaustos luego de diez horas continuas de música. Pero entonces el encantamiento también se apoderó de la orquesta y seguía

tocando mientras los novios seguían bailando y los novios seguían bailando mientras la orquesta seguía tocando. Los invitados danzaban también pero cuando despuntaba el sol eran más los que descansaban en los almohadones que los que bailaban, y aun los novios no descansaban. La novia comenzaba a verse pálida y sudorosa, el novio parecía algo cansado y se veía que era su brazo el que mantenía a la joven en pie. Juan se dio cuenta que la muerte acechaba a la Dama Azalea y a su protegido; de no ser detenido el baile, pronto el hechizo haría de éstas unas bodas de luto. Y se olvidó de sus temores, del encierro en el calabozo, solamente recordaba la solemne promesa que hiciera junto al lecho de muerte de su padre adoptivo. Disimuladamente, tomó su navaja en mano, y cuando se acercaron a él los novios, tomó el brazo expuesto de la Dama Azalea y la cortó superficialmente con el filo, haciendo que fluyera la sangre. Al caer la primera gota sobre el traje que se parecía a la espuma del mar, los novios se desplomaron al suelo, primero la Dama Azalea y luego Darío. Salió corriendo Juan cuando un grito despavorido llenó el salón. La música, al fin, paró, quedando los músicos tendidos sobre sus instrumentos.

\*\*\*\* \*\*\*\*\*

Don Darío entró a la enorme alcoba que compartía con su esposa. Su cara estaba transformada por sentimientos encontrados: una grande pena de ver a su amigo Juan languidecer en el calabozo y un profundo enojo ante la negativa de él a responder. A las interrogantes de Don Darío, su contestación era:

- Con todo respeto, me abstengo.

Y, cuando Don Darío le suplicaba, deseando dejarlo salir del calabozo, con un lamento y lágrimas en los ojos, Juan le decía:

- Mi querido amigo, no puedo decir, no puedo explicar.

Darío se sentó al pie de la cama con la cabeza en las manos. La Dama Azalea, consternada, se sentó a su lado.

- ¿Juan persiste sin hablar?
- No dice palabra. A veces parece que va a romper su silencio… pero algo se lo impide. No me puedo explicar su comportamiento. Primero pensé que era la pena tras la muerte de Papá; luego lo atribuí a envidia, sentimiento que nunca había él mostrado porque no hay alma más humilde, agradecida y generosa que la de Juan. Luego del ataque con la navaja, sólo puedo pensar que ha perdido la cordura.

- Pero los médicos no han encontrado que esté loco...
- No obstante eso, actuó como un desquiciado, arrojando al mar un valioso artefacto, dando muerte a un hermoso caballo y por último, atacándote con el cuchillo la noche de nuestra boda.
- Darío, yo ni recuerdo bien lo que pasó. Además, ya sanó.

El joven esposo tocó delicadamente la delgada cicatriz que dejara la cortadura que hiciera Juan. Todavía se veía algo roja, y era eso, que Juan hubiera atacado al ser más importante para él, lo que le impedía dejarlo en libertad porque no podía saber si la próxima vez iba a hacer algo mucho más serio. Darío besó tiernamente la herida en lo que Azalea añadió en un susurro:

- Te tengo una noticia. ¡Vas a ser papá!

La alegre noticia pudo echar fuera de la mente de Darío la obsesión que lo había obligado a interrogar al prisionero casi a diario. Por semanas, no, por meses, se olvidó de Juan, de su extraña conducta, mientras el fiel sirviente permanecía en el calabozo, esperando pacientemente su terrible destino. Nacieron gemelos, una hermosa niña y un saludable varón y fueron recibidos con alegría en todo el califato. Celebraron su primer año de edad y Juan continuaba encarcelado, todavía evadiendo las interrogantes de Don Darío. Había decidido que era mejor vivir encerrado que morir de piedra.

Y mientras aguardaba en su prisión, Juan, quien poseía intelecto y sabiduría particulares, era como José en Egipto, todo lo que tocaba prosperaba.

- ¿Cómo está hoy, mi querido prisionero?- dijo el carcelero sin gota de ironía.
- Igual que ayer, estimado amigo.
- Le cuento que mi esposa se ha hecho la comidilla del reino desde que usted aconsejó que le regalara a los gemelitos de la Dama Azalea de los sombreros que hace. Como los dos no quieren salir si no es con sus sombreritos, todas las madres de la corte han insistido que ella les haga sombreros a sus hijos también. Está llena de trabajo pero también está bien remunerada. Está ocupada y feliz, ya no se queja ni me da quehacer. ¡Es usted un genio!
- Me hace feliz que mi consejo le haya ayudado.
- No se paga con dinero lo que me ha ayudado. ¿Cómo le puedo corresponder?
- Solamente quiero que se acuerde de mí algún día.

Así mismo hizo el carcelero. Cada vez que alguno comentaba de sus pruebas, el carcelero se acordaba de Juan y expandía sobre la sabiduría de Juan y lo atinado de sus consejos. Y todos los días pasaba una larga ristra de necesitados por el calabozo de Juan: él consolaba a algunos, amonestaba a otros y aconsejaba a muchos mientras jugaban

al ajedrez. Llegó a ser tan incómodo el desfile que el jefe de la prisión convenció al jardinero, también beneficiario de la sabiduría de Juan, que habilitara un lejano rincón del jardín para que Juan recibiera a quienes lo buscaban. El jardinero preparó el área podando muros de verdes arbustos, sembrando rosas amarillas y ubicando bancas de piedra. Fue sobre una de esas bancas que se encontraba Juan cuando los gemelos de Don Darío penetraron el rincón para usarlo de escondite. ¡Qué hermosos eran! Sus risas eran como campanas de cristal o música celestial. Detrás de ellos, rugiendo como león, se acercó Don Darío y al ver a Juan sentado en el escondido jardín, lo miró con extrañeza.

- — ¿Cómo está, Don Darío?
- — ¡Juan! ¿Qué haces afuera?
- — Es mi hora de recreo. El carcelero me permite estar sentado aquí para tomar un poco de sol.
- — Quiero saber si ya el encierro ha sido suficiente.
- — Desde el primer día, mi hermano, desde el primer día.

Esa expresión de familiaridad le cerró la garganta a Don Darío y esta vez fue él quien no pudo hablar. Se derramaron en su mente los recuerdos de su niñez con Juan, las batallas imaginarias compartidas, las aventuras de jóvenes, las horas de conversaciones francas, los consejos acertados… y de repente, vio la sangre que corría por el brazo de su adorada esposa y su quijada se apretó. Todavía no salió palabra de su boca, pero su mirada rencorosa y perturbada lo decía todo.

- — Nunca he sido tu hermano.
- — Para mí siempre lo serás.
- — ¡Guardias, llévense a este prisionero!

Velozmente acudieron los guardias a llevar a cabo las órdenes de Don Darío y retiraron a Juan en silencio. Esa noche Juan lloró amargamente para luego quedar

profundamente dormido. Soñó de inmediato que estaba de vuelta en el reino que otrora fuera de Don Damián; todo estaba en desorden y en estado de abandono. De repente, se encontraba cerca de la frontera. Vio como cruzaban los linderos grandes cantidades de soldados extranjeros, continuamente como sale a borbotones el agua por un agujero

en un muro. Luego se vio en el rincón del jardín, sentado sobre una banca pero se veía distinto… inmóvil y endurecido… ¡como piedra! Y luego ya no había desorden en el reino y el agujero en el muro no existía.

Juan despertó de su sueño bañado en sudor y con el corazón agitado. Su grave error era haber pensado que el encantamiento había terminado con la cortadura que había hecho a la Dama Azalea. Pero no, continuaba mientras Don Darío no supiera del encantamiento y jamás lo sabría si Juan no hablaba. Entonces Don Darío permanecería en tierras del Califa Maimónides y perdería su reino de seguro, si no a las tropas invasoras, de seguro a la dejadez del mayordomo. Por otro lado, si Juan decía lo que sabía, el hechizado iba a ser él, convertido en piedra… una muerte extraña que no se podía imaginar. Pero de qué le valía conservar la vida si estaba encarcelado, apartado de la única familia que tenía, alejado de su tierra natal…

- Si esto ha terminar, depende de mí y de nadie más – se dijo a sí mismo.
- Y ha de terminar hoy mismo – añadió, erguido en su lecho.

**** *****

Una suave brisa mañanera refrescaba el ambiente. Las rosas amarillas parecían pequeños soles que expedían sutil fragancia. Juan se sentó en su banca preferida desde donde veía las rosas bailar al son de las tenues corrientes de aire.

- ¿Es verdad que vas a hablar? – preguntó Don Darío con voz brusca y cortante al entrar al jardín.
- Buenos días, también a usted.
- Después de callar por tanto tiempo no puedes pretender que reciba la noticia sin sospechas, Juan.
- Comprendo bien que la espera ha sido larga, sin embargo, antes de dar las razones detrás de mi comportamiento debo decirle de un sueño que tuve anoche.

Al relatar Juan los detalles de lo que fue casi una visión del futuro, el rostro de Darío permaneció inconmovible. Era el encantamiento que le impedía siquiera imaginar que su ausencia perjudicara a su nación.

- No he venido a escuchar sandeces. Si no vas a explicar tu comportamiento, me retiro – dijo Don Darío con enojo.

- Déjalo que hable, por favor, ni siquiera ha empezado. – Era Doña Azalea que había estado escuchando desde la entrada del jardín.
- No me hago esperar más. Solamente les pido dos cosas. Primero, que luego de mi relato vuelvan a considerar el significado de mi sueño y, segundo, que me escuchen sin interrumpir hasta que yo termine.
- Bien – dijo Don Darío y Doña Azalea asintió a la vez.
- Todo comenzó en el lecho de muerte de Don Damián. El me pidió que le prometiera…

Las palabras salían de su boca como si fuera en estampida, sin tropezarse unas con otras pero en fuga, escapando con prisa y sin detenerse. En lo que relataba su imprudente observación de las brujas y la conversación que escuchó de ellas, los dedos de sus pies empezaron a sentirse pesados. Poco a poco sintió que sus pies, sus tobillos, sus rodillas se inmovilizaban. Había previsto que ocurriría esto pero no se imaginaba la total ausencia de sensación según se endurecían las partes de su cuerpo "de pies a cabeza". Su posición en la banca la había planificado de tal manera que pudiera mantener su equilibrio y permanecer quieto para no distraer a sus oyentes. Ya su cintura estaba afectada, tenía que terminar el relato antes de que no pudiera respirar más. Con su último aliento, logró llegar al final y dijo:

- Y no decía nada de esto porque me convertiría en pie…

No pudo terminar, sus labios se tornaron grises, luego su nariz y sus orejas, su frente, hasta que se completó su transformación en piedra ante las miradas atónitas de los jóvenes esposos.

**** *****

Al fin florecieron las rosas amarillas; los setos de verdes arbustos estaban recién podados, las bancas de piedra ubicadas dentro del pequeño rincón del jardín. Pero, distinto al original, este rincón no estaba alejado de todo, sino justo a la salida de las alcobas del Califa Don Darío, quien había regresado a su hogar después de tres años de ausencia. Al llegar de vuelta había tomado las riendas del gobierno así disipando una potencial invasión de un ejército enemigo. La economía del país, la cual había sufrido la inacción del mayordomo, estaba en plena recuperación. El desorden y el descuido habían desaparecido. Todo marchaba lo mejor que podía… pero Juan no se movía. Ahora, su perturbador silencio era permanente.

Para recordar el sacrificio de su fiel amigo, para obligarse todos los días a meditar y arrepentirse de sus errores de juicio, su orgullo, su testarudez, su falta de confianza en el juicio de la persona con el mejor sentido común y la más profunda sabiduría, había reproducido el jardín de rosas amarillas donde lo había escuchado hablar por última vez. Y en ese rincón se sentaba todas las madrugadas a hablar con su amigo de piedra. Le pedía perdón, le peleaba, le agradecía. Cualquiera que no supiera lo que había pasado lo creería loco. Pero todos en el reino sabían que ahora Don Darío era víctima de otro hechizo, uno que se originaba de su sentido de responsabilidad… porque él era responsable del estado en el cual se encontraba su amigo.

Doña Azalea también sentía algo de culpabilidad porque era suyo el encantamiento que Juan había quebrado con sus acciones. Pensaba una y otra vez, si su retrato no hubiera estado en la torre, si Darío no lo hubiera visto, Juan estaría vivo pero ella estaría hechizada y sola todavía. Era su vida por la de él. De repente se le ocurrió algo que no había pensado antes. Corrió hasta el jardín y casi sin aire, le dijo a su amado esposo:

- Si sacar sangre detuvo el baile de la muerte, pudiera ser que el derramamiento de sangre le devuelva la vida.
- ¿Qué dices?
- Que Juan me hirió y derramó mi sangre durante el baile de bodas y eso impidió que muriéramos bailando. Tal vez si derramamos sangre sobre él podamos devolverle la vida.
- ¿Tu sangre o la mía?
- No sé.

Esa noche no podía dormir Don Darío pensando en la sangre de quién podría convertir a Juan en persona de carne y huesos. La suya tal vez porque era a él a quien Juan buscaba proteger. O tal vez la de Azalea, quien recibió el beneficio de ser liberada del hechizo. O tal vez la sangre de los dos o la de sus hijos… ¡Oh, no! No la de sus hijos. Con esas morbosas reflexiones quedó dormido y en sueños se vio a sí mismo dormitando con la cabeza junto al palo mayor; sus piernas estiradas, su tronco relajado, su faz resguardada del sol por uno de sus brazos apoyado sobre su frente. Un aleteo y unos chasquidos lo llevaron a mirar hacia las alturas del palo mayor. Los chasquidos se convirtieron en palabras rodeadas de chirridos.

- Hola, Petrona.
- ¿Qué tal, Dromilda?

- ¿Sabes que quebraron el hechizo de Azalea?
- Sí, ya lo sabía. El que lo hizo se convirtió en piedra.
- Valiente tonto. ¿Quién lo mandó a hablar?
- A saber… yo lo que quiero averiguar es cómo se dio cuenta que para quebrar el hechizo completamente Azalea tenía que escuchar el relato. Pero no importa porque pasarán más de mil años antes que su castigo expire y cuando eso pase ya volverá a ser polvo y no piedra. A menos que…
- ¿A menos que qué?
- Tú sabes, a menos que le derramen por encima la sangre de quien hizo el hechizo original. ¿Y quién va a saber que fuimos nosotras? Jajaja.
- Sííí. Jajaja.

Don Darío observó a su otro yo permanecer relajado como dormido bajo el palo mayor a pesar de los chirridos y las carcajadas que parecía que podían romper tímpanos. Aprovechó que nadie se percataba de su presencia para observar las aves. Eran de plumaje negro pero opaco, sus cabezas eran regordetas y puntiagudas en el extremo superior, sus alas anchas y poderosas. Observó detenidamente sus picos. Eran oscuros como su plumaje pero tenían un borde irregular. Las brujas dejaron de reírse y empezaron picotearse una a la otra en una manera que parecía que se estaban aseando mutuamente. Se quitaban ese borde irregular en turnos y se lo comían.

- Qué dulce estás, Petronita.
- Tú también, mi azucarada Dromi.
- No hay nada como un poco de caramelo endurecido.
- Es delicioso pero peligroso; si se nos endurece en las alas en vez de en el pico, no podemos volar.
- Ah, pero somos expertas… lo importante es que no nos atrapen mientras mantengamos este aspecto.
- Como pájaros somos débiles brujas…jeje quien lo diría.
- Pues tú lo acabas de decir…

Siguieron discutiendo pero ya Don Darío no escuchaba… Un plan se fraguaba en su mente. Y súbitamente, despertó.

***** *****

Por varias semanas, Don Darío hizo que trajeran sacos de azúcar de las bodegas: azúcar blanca, azúcar negra, azúcar morena, azúcar de caña, azúcar de dátiles. Todas los azúcares se usaron para hacer distintos tipos de caramelo: cubrieron rojas manzanas

con él, hornearon flanes, bañaron budines, hicieron bombones, construyeron pequeños castillos de caramelo hilado. Uno de los prodigios inventados fue una fuente de la que brotaba un líquido dulce y pegajoso con el cual cubrían rosetas de maíz tostado. Todo esto con la ostentosa intención de celebrar el quinto cumpleaños de los gemelos.

La voz se regó por todo el mundo conocido, de que en el reino de Don Darío el caramelo fluía como el agua en los arroyos, que había rocas del dulce material como piedras preciosas, en todos los colores. Llegó a los oídos de Petrona y Dromilda y escogieron su aspecto de ave para comprobar si las maravillosas historias eran ciertas y satisfacer su apetito por el dulce.

Volaron tan rápidamente como sus alas se lo permitieron para llegar temprano el mismo día de la celebración con tal de poder probar de todas las delicias que se iban a servir. ¡Y qué delicias encontraron! ¡Y tan poca vigilancia! Pudieron saborear las manzanas cristalinas, los bombones, los budines, los flanes. Su hambre de caramelo casi satisfecha, encontraron la fuente donde bañaban de dulce las palomitas de maíz. En frenesí, se zambulleron en las aguas, para luego sacar sus negras cabeza y abrir sus golosos picos y recibir en sus bocas el líquido preciado. Su éxtasis impidió que notaran la red que caía sobre la fuente y las atrapaba en su glotonería.

**** *****

Lo último que Juan recordaba haber dicho fue –Y no decía nada de esto porque me convertiría en pie...

–...dra.

Y al terminar de pronunciar la sílaba tomó aire y llenó sus pulmones. Se sorprendió de la elasticidad de su pecho, no se sentía constreñido; el aire entraba y salía con facilidad. Podía sentir el oxígeno llenando los espacios, sofocados hasta hace unos segundo, desde la cabeza hasta los pies. ¡Oh! Y sus pies, sus tobillos, sus dedos, los podía sentir; es más, los podía mover. ¿No que estaba hecho de piedra? Ya no.

Darío estaba sentado al borde de la cama de Juan, cabizbajo, preguntando en un susurro angustiado:

-   Mi fiel Juan, cuando despiertes, ¿podrás perdonar mi falta de fidelidad, mi vano orgullo, mi testarudez?
-   Mmmmm.
-   ¡Azalea, corre! Parece que ha despertado – gritó con sorpresa.
-   Mmmmm.

- ¿Qué dices?
- Sólo si me das algo de comer – murmuró Juan con tenue voz.

En eso penetró Doña Azalea a la alcoba de la torre, la misma que solía tener su retrato encantado, y saludó a Juan con una cálida sonrisa.

- Bienvenido a casa, Juan. Nuestro hogar es tu hogar.

**** *****

Tardó varios meses en poder caminar; ya sus rodillas se podían desdoblar con normalidad, pero todavía necesitaba usar un bastón. Los gemelos ahora eran sus ayudantes inseparables. Seguían a Juan a todas partes y se turnaban en asistirlo.

- Tío Juan, cuéntanos de nuevo de las brujas en el barco – le pidió Aurora agarrando su mano con gran cuidado de no hacerlo caer.
- Sí, cuéntanos de 'si compra la espada que no compre la vaina' – suplicó por su lado Adrián hablando con una voz un poco chillona.
- Y 'si compra el caballo que no compre la silla' - chilló también Aurora.
- Solamente si me cuentan ustedes cómo atraparon a las brujas en la fuente de caramelo de su fiesta de cumpleaños, pero antes me tengo que sentar un rato – y con esa frase se detuvo frente a una banca de piedra y se sentó mirando las rosas amarillas que parecían asentir al moverlas la brisa vespertina.
- Pero ése es el final del cuento, Tío Juan – protestaron Aurora y Adrián a coro.
- Pero es mi parte favorita – protestó a su vez riendo y abrazando a sus sobrinos.

En eso, entraron al jardín Doña Azalea y Don Darío, caminando abrazados como si fueran aún recién casados. Al verlos, pensó Juan que el hechizo solamente había acelerado lo que era un casamiento seguro; estaban real y felizmente enamorados, no había duda de eso.

- Bueno, ya han ayudado bastante al Tío Juan por el día de hoy. Vengan conmigo que hay que asearse para la cena.

Luego de estas palabras, Azalea tomó a sus dos hijos de la mano y se dirigió con ellos hacia la salida del jardín entre protestas y quejas.

- Hacemos los cuentos antes de dormir. Se los prometo – dijo Juan.

Y sabiendo que su tío cumplía siempre su palabra, callaron y salieron como dóciles corderos.

Al momento de quedar solos en el jardín, Don Darío abrazó a su hermano y se sentó junto a él en la banca de piedra, contemplando en silencio lo ocurrido hacía ya